Christoph Heubner

Ich sehe Hunde, die an der Leine reißen

Nach Auschwitz – drei Geschichten

Steidl

Für Gilike
Raphaël
Liliane
Felix
die Evas
Roman
Hannah
Alfred
Erzsébet
Paul
die Kaziks
Marian
Sandra
Noah
Dorota
Kurt
Justin
Maurice
Rosa
Zofia
Leon
Emilio
Berry
und all die anderen …

»Though lovers be lost love shall not;
And death shall have no dominion.«
Dylan Thomas

Inhalt

Das leere Haus

1 Mit mir trage ich immer das leere Haus, die Fenster offen, der Wind bewegt die Gardinen. Damals haben wir die Nachbarn hinter ihren Gardinen gesehen. Sie haben alles genau verfolgt, die gebrüllten Befehle, die rohen Scherze, das Gelächter der deutschen Soldaten und das Schnauben der Pferde, als sie meine Eltern, meine Geschwister und mich zu den Wagen getrieben haben. Schon im Ghetto wurde erzählt, dass die Nachbarn kurz darauf ihre Häuser verlassen haben, um alles aus unserem Haus wegzuschleppen, ihre Gier hat keine Viertelstunde gebraucht, hieß es. Ich höre die Dielen knarren, als ob noch jemand von einem Zimmer ins andere ginge. Wo der Schrank im Wohnzimmer stand, sieht man noch die Abdrücke seiner Füße. An den Wänden hängen keine Bilder mehr, alle Bilder sind jetzt in meinem Kopf.

2 Und dennoch bin ich damals von A. nach Ungarn zurückgegangen. Auch deshalb, weil ich hoffte, da wäre noch jemand. Auch deshalb, weil ich überhaupt nicht wusste, wo ich sonst hätte hingehen sollen. Und dann geht man doch nach Hause. Ich habe Umwege über Umwege gemacht auf diesem Heimweg, der keiner war. Weil ich nicht wissen wollte, was ich längst wusste. Und als ich endlich ankam und an der Klingel gerissen habe, hat eine wildfremde Frau geöffnet und mich angestarrt wie den Feind, auf den sie lange gewartet hat. Wir wohnen doch hier, habe ich gesagt, in unserem Haus. Und sie hat geantwortet: Hier wohnen wir. Das ist unser Haus! Und ich habe gesagt: Aber die Bermanns? Sind alle weg, und – schwupps, wollte sie die Tür schließen, aber sie hat nicht gewusst, dass

man dort, wo ich herkam, immer mit dem Schlechten gerechnet hat und schnell geworden ist in der Fähigkeit, ihm zuvorzukommen: Und so hatte ich meinen Fuß schon vorher in die Tür geschoben. Ich heiße Bermann, ich bin Magda Bermann, ich habe es laut gesagt, damit ich mich selber höre. Die Frau hat mich gemustert von oben nach unten, dieses dürre Stück Mensch, das da vor ihr stand und das so wenig in die Welt und zu diesem Haus gepasst hat wie eine Tote an einen Kaffeetisch. Sie war so siegessicher, so hämisch und giftig, als sie gesagt hat: Da könnte ja jeder kommen und an der Klingel reißen. Seien Sie froh, dass ich nicht nach der Gendarmerie rufe. Und jetzt ist Schluss mit dem Theater. Gehen Sie dahin, wo sie hergekommen sind. Und ich bin gegangen. Erst ein paar Schritte rückwärts, und dann habe ich mich umgedreht und bin gerannt, nur fort.

3 Als wir in A. (nein, ich werde den Namen dieses Ortes nie mehr aussprechen) bis zu den Hüften im Wasser standen und Schilf geschnitten haben, habe ich immer versucht, den Platz neben Maria zu ergattern. Sie war damals noch eine kräftige junge Frau, die sogar manchmal bei der Arbeit summte. Das hatte für mich etwas Tröstliches, so als würde dies alles irgendwann an sein Ende kommen und wir würden zum Essen gehen, wie normale Menschen. Wir haben immerfort an Essen gedacht. Sogar aus dem Wasser und zwischen dem scharfen Schilf haben wir Suppe gerochen, die es nicht gab und niemals geben würde. Der Hunger hat in uns gewühlt wie ein Hund in einem Haufen Knochen. Wenn ich summe, denke ich nicht, hat

Maria gesagt, und die Zeit vergeht mir: Du kannst ja mitsummen.
Manchmal hat sie von Frankfurt gesprochen. Ich wusste nicht, wo Frankfurt war, ich war mit meinen jungen Jahren nie in Deutschland gewesen. Aber jetzt, als ich lief, war mir klar, dass ich nur dorthin würde gehen können, wo ich und die Meinigen noch niemals gewesen waren. Und so habe ich mich nach Deutschland durchgeschlagen. Ich bin an Orten vorbeigekommen, deren Namen hart klangen und in denen die Menschen mich erschreckten, weil sie mich wütend anstarrten, wie ihr eigenes schlechtes Gewissen. Ich wollte unsichtbar sein und hätte viel gegeben für einen Tarnanzug, unter dem verborgen geblieben wäre, wo ich herkam. Mittlerweile war es Sommer geworden, und die Menschen starrten auf meinen Arm, wo der Tätowierer in Birkenau sich extra bemüht hatte, die fünf Ziffern schön groß hinzubekommen, damit ich sie ja nicht vergesse. Wenn ich mich bei Maria ausgeheult habe, dass die Zahlen so groß sind, hat sie bloß gesagt: Sei froh, dass du Zahlen hast. Und sie hatte Recht. Die, die keine Zahlen hatten, flogen nicht weit von uns aus den Schornsteinen davon.

4

Ich habe Hunger gehabt in Deutschland, ich habe gestohlen und ich habe keine Schuld gefühlt, ich habe gar nichts gefühlt. An manchen Tagen, wenn ich in der sengenden Sonne über die Landstraßen marschiert bin, habe ich mich gefragt, warum um alles in der Welt ich nach Frankfurt gehe, wo ich doch nicht einmal weiß, wo Frankfurt ist und wen ich dort suchen soll. Denn Maria musste ich nicht mehr suchen. Sie war am 12. Oktober 1944 in Birkenau an einer Nierenentzündung gestorben. Ich habe gesummt, als ich es damals erfuhr.

5 Das muss Frankfurt sein, habe ich gedacht, als vor mir eine große Stadt lag, deren Reste verbrannt und zersprengt aus dem Erdboden ragten. Ich habe mich dieser zerstörten Welt nur langsam genähert, zwischen den Trümmern gingen scheinbar planlos Menschen umher, die Blicke gesenkt und in sich zusammengefallen. Aber zwischen den Trümmerbergen hatten sie schon wieder Straßenschilder aufgestellt. Mir hat die Stadt auf Anhieb gefallen. Sie entsprach meinem inneren Zustand, aber in mir war auch Freude, dass die Deutschen selbst von der Welle der Zerstörung, die sie über die Welt gebracht hatten, nicht verschont geblieben waren. Und sie taten mir leid, so wie ich mir leidtat, abends, wenn ich mich irgendwo verkroch, um zu schlafen und Kraft zu gewinnen für den morgigen Marsch. Das waren die einzigen kurzen Momente, in denen ich den Bildern, die zuhause an der Wand gehangen hatten, erlaubte, zu mir zu kommen: Leben sie noch? Hat man sie von dort weggebracht? Auf Transport, wohin? Haben wir uns verpasst? Und: Wie werde ich in dieser zertrümmerten Welt jemals leben können? Was finde ich wieder? Wen? Und wo?

6 Die Stadt hieß Kassel. Heute weiß ich, dass ich bei meinem Weg zu weit nach Norden geraten war. Ich hätte längst in Frankfurt sein können. Aber damals war es mir völlig egal, denn es schien mir an diesem Tag, als ob meine Kräfte aufgebraucht wären. Ich saß auf einem Schutthaufen an einer ehemaligen Straßenecke und starrte vor mich hin. Vermutlich habe ich mich gewundert, wie ich hier hineingeraten war, mitten in dieses Ende. Ich hatte mein Bündel, das ich sonst über der Schulter trug, neben mir abgestellt. Ich glaube mich zu erinnern, dass ich ganz flach geatmet und dem Atem zugehört habe, als er aus mir entwich. Er war gut zu hören in dieser laut- und leblosen Landschaft. Bis die Stimme von oben auf mich herabfiel: Sie müssen zur Jägerkaserne, da hilft man solchen wie Ihnen. Zur Jägerkaserne. Und die Frau deutete mit ihrem Zeigefinger nach rechts. Ihr Blick klebte an meinem Arm. Eine deutsche Stimme, ein Befehl. Ich ging nach rechts. Beim Gehen habe ich an Maria gedacht, die mir bei der Arbeit im Wasser erklärt hat, was ein »Jäger« ist. Ein Lied. Ich ging nach rechts, und ich habe gesummt.

7 Ich bin in der Jägerkaserne in Kassel geblieben. Ein Jahr, zwei Monate und achtzehn Tage. Man nannte uns »Displaced Persons«, und das Lager stand unter der Verwaltung der Amerikaner und der Welt. Ich weiß nicht mehr, wie damals die Flüchtlingshilfe der United Nations genannt wurde. Die Frau, die mir den Weg gewiesen hatte, hatte recht gehabt: In der Jägerkaserne waren tatsächlich nur solche wie ich: Gestrandete aus den Lagern, die nicht in ihre Heimat zurückkehren wollten, weil sie sicher waren,

dass dort niemand mehr sein würde, und zudem, weil sie wussten, dass dort jetzt die Russen das Sagen hatten. Wir alle waren entwurzelt, zutiefst verschreckt, und viele von uns schrien in ihren Träumen. Manche steckten voller Wut und bestahlen die anderen, einige horteten in lächerlichen Verstecken Speisereste. Sie glaubten, sie hätten sie unbeobachtet aus dem Speisesaal mitgehen lassen, aber alle sahen alles und wussten natürlich auch, wo die Verstecke waren. Wir waren doch alle den Jägern und Mördern entronnen. Wir kamen doch alle aus derselben Hölle.

8

In der Jägerkaserne ist die Zeit zu mir zurückgekommen, die mir im Lager und auch danach verloren gegangen war. Im Lager hatten wir von Minute zu Minute gelebt, jede davon konnte die letzte sein, und danach, als ich begonnen hatte nach Frankfurt zu laufen, teilte sich meine Zeit in Tag und Nacht, Hell und Dunkel. Ich dachte nicht nach über Tage, Wochen oder Monate. Beim Gehen suchten meine Augen wie gewohnt die Richtungen ab, ob Gefahr drohte, und nachts schlief ich an die Erde gepresst einen flachen und unruhigen Schlaf. Hier in Kassel war Sicherheit, die amerikanische Militärpolizei beschützte uns und zwischen den Deutschen und uns hatten wir eine unsichtbare Glaswand aufgerichtet. Sie lebten in einer anderen Welt und wechselten meist die Straßenseite, wenn sie an der Jägerkaserne vorbeigingen. Wir spürten ihre verstohlenen und neidischen Blicke. Die Juden waren ja immer noch da. Sie hatten scheinbar sogar den Krieg gewonnen. Wurden von den anderen Siegern mit Kleidung versorgt und mit Essen und Zigaretten vollgestopft.

Die Deutschen verstanden die Welt nicht mehr. Noch gingen sie nur kopfschüttelnd an uns vorbei, geduckt und grimmig, aber ich spürte, dass ihre Wut, die sich hätte gegen Hitler richten sollen, wieder Fahrt aufnahm und sich in meine Richtung bewegte. Das war der Moment, an dem ich beschloss, Europa so bald wie möglich zu verlassen. Ich wollte nicht mehr dazugehören.

9 Nachdem mir von den Amerikanern die Einreise nach Amerika genehmigt worden war, bin ich am 28. Oktober 1946 in New York angekommen. Als ich an Land ging, habe ich gedacht, jetzt werde ich meine Familie bestimmt nicht wiederfinden, ich bin zu weit weggelaufen. Ich habe sie im Stich gelassen. Auf dem Boot hatte ich ein Ehepaar kennengelernt: Adi und Marischa, die waren auch dort gewesen, wo ich gewesen war. Auch sie waren nach Frankfurt gegangen, weil Adi tatsächlich aus einer orthodoxen Familie aus Frankfurt stammte, von der er – so wie viele von uns – niemanden mehr gefunden hat. In einem Lager in Frankfurt hatten er und Marischa, ein jüdisches Mädchen aus Polen, geheiratet. Marischa hat mich getröstet, als wir an Land gingen, und ich habe geweint und geweint, weil ich schuld daran war, dass mich meine Familie nie wiederfinden würde. Weil ich die Schuld auf mich geladen hatte, zu überleben.

10 Adi sprach genauso schlecht Englisch wie wir, aber er war nicht ängstlich und er suchte sofort eine Wohnung für uns, damit wir aus dem Sammelquartier herauskamen. Und er fand auch eine Arbeit für uns drei in einer Hemdenschneiderei in einem Hinterhof in Downtown Manhattan. Ich habe mit etwa zwanzig anderen zugeschnitten, Marischa hat mit genauso vielen genäht und Adi war in der Gruppe der Bügler. Es wurde Polnisch gesprochen, Ungarisch, Jiddisch, Tschechisch und Deutsch, nur englische Laute hat man kaum gehört. Adi war der Aktivste von uns, er ist abends noch zu einem Englisch-Kurs gegangen, aber Marischa und ich waren zu müde. Wir bleiben im Maulwurfshügel, hat Marischa gesagt, da sind wir sicher. Wir haben unzählige Tassen von Tee getrunken. Marischa hat mir polnische Lieder vorgesungen, ich ihr ungarische. Wir haben an diesen Abenden über alles und über alle gesprochen. Auch von der anderen Maria habe ich ihr erzählt. Vom Teich, vom Schilf und vom Lied über den Jäger. Wir haben in der Dunkelheit gesummt.

11 So sind vier Jahre vergangen. Wir wollten nicht auseinanderziehen, obwohl es eng war. Mit der Zeit haben wir immer weniger über A. gesprochen. Wir wussten, jeder von uns empfand das Gleiche, jeder von uns erinnert Ähnliches, wir brauchen keine Worte, das Wissen war in uns eingesickert wie Blut in die Erde. Das Ende für uns kam mit einem Brief, den die beiden aus einer Stadt in Deutschland erhielten, die Halle hieß. Freunde schrieben ihnen: Kommt nach Deutschland, hier im Osten wird viel

für uns Überlebende getan, und sie haben sich entschlossen, zu fahren. Adi kannte die Stadt und den Fluss, an dem sie lag. Er hieß die Saale. Und Adi kannte auch ein Lied zu diesem Fluss auswendig, das er uns vorgesungen hat und das uns traurig machte. Ich habe die Melodie nicht vergessen. Ja, ich war traurig, aber auch nicht so traurig, weil ich seit einem Jahr mit Joshua verkehrte, der auch aus Ungarn stammte und in Buchenwald gewesen war. Auch hier waren keine Worte nötig. Wir begannen, uns zu lieben. Und als Adi und Marischa an Bord gingen, haben Joshua und ich am Ufer gestanden, geweint und gewinkt. Wenige Monate später haben wir noch in New York geheiratet, und dann wurde Josh ein guter Job in Pittsburgh angeboten und wir sind umgezogen. So habe ich den Großteil meines Lebens in Pittsburgh verbracht.

12 Nein, wir haben keine Kinder bekommen. Der Teich und die Kälte. Wer will es wissen. Aber wir waren glücklich in Pittsburgh, wir hatten Freunde, a good social life, wir waren im Country Club, im Tennis Club und sind nicht nur zu den Feiertagen in die Synagoge gegangen, wie wir es von zu Hause gewohnt waren. Josh war im Beruf erfolgreich und beliebt. A respectable man, wie sie es hier sagen. Später habe auch ich mir eine Arbeit gesucht in einem Modegeschäft, wo ich es bis zur Etagenleiterin für Herrenbekleidung geschafft habe. Nachrichten aus Europa haben wir nie bekommen, wir haben auch nie gefragt. Auch von Adi und Marischa haben wir nie mehr etwas gehört. Wir waren für uns. Das war jetzt unser Maulwurfshügel. Weit weg von den alten Gespenstern, die

Angst lag in unserer Wohnung wie ein alter Hund, der nur noch leise vor sich hin schnarcht. Vor drei Jahren ist Josh gestorben. Und ich war wieder ganz allein.

13 Weil ich nicht alleine weinen wollte, bin ich von da an öfter als zuvor in die Synagoge gegangen. Es war ein gutes Gefühl, mit den andern zusammen zu sein, und es war, als käme man zurück nach Hause. Oftmals war ich nötig, damit wir die zehn Betenden zusammenbekamen und der tägliche Morgengottesdienst um 9.45 beginnen konnte. Ich bin immer gern pünktlich, und deswegen habe ich mich an diesem Morgen geärgert, als ich gemerkt habe, dass ich mich in meinen Erinnerungen verloren und die Zeit vergessen hatte. Es war der 28. Oktober 2018. Vor zweiundsiebzig Jahren war ich mit Adi und Marischa in New York angekommen. Das Leben hatte mir eine neue Maria geschenkt. Voller Dankbarkeit und Erinnerungen bin ich zur Synagoge gefahren.
Ich bin 93 Jahre alt und, ja, ich fahre noch selbst. Als ich auf den Parkplatz fuhr, habe ich noch seine Stimme gehört. Es war 9.59, ich war vier Minuten zu spät und ich hörte, wie er brüllte »Alle Juden müssen sterben«. Und dann die Schüsse in der Synagoge. Elf von uns waren tot, ich will ihre Namen nicht sagen. Ich habe keine Tränen mehr.

14 Vier Minuten, es waren vier Minuten. Und mir war, als hätte ich am anderen Ende des Parkplatzes meine Mutter gesehen. Sie war so jung wie damals, als sie uns abgeholt haben und schrie: Vier Minuten, ist es nie zu Ende?

Ein Stück Wiese, ein Wald

Sie

Alle sind weg. Bis auf den Grobian und mich. Warum sie uns ausgespart haben? Man möchte heimgehen und alles erzählen. Dass wir unter Bäumen stehen und wir dachten, das sei das Ende. Aber dann ist gar nichts geschehen. Alle sind weg, nur wir stehen herum wie vergessene Regenschirme. Ich muss reden, sonst ist es nicht auszuhalten in dieser Stille. Erinnern Sie sich daran, wie Wiesenschaumkraut riecht? Wie der Wald riecht, wenn es lange nicht geregnet hat? Hier riecht es anders: Es ist in der Luft etwas Eigenartiges, ich kann es nicht deuten, es liegt über mir, wie eine Decke, tausend Kilo schwer. Kein Wind, der es fortweht, es drückt viel zu heftig, da wird nie ein Wind reichen. Der Alte hockt nur herum. Er könnte doch auch etwas beitragen, dass wir die Bäume übertönen und den Geruch, dass man auf andere Gedanken kommt, als nur zu stehen, zu stehen, zu stehen, angenagelt für immer.

Er

Sie redet und redet, alle sind weg, aber sie redet und redet. Man muss doch etwas machen. Man muss sich doch beschweren bei denen, dass sie uns hier einfach allein herumstehen lassen. Wir könnten uns doch auch nützlich machen. Das abgebrochene Holz zusammenklauben, Ordnung schaffen hier im Wald. Da hatte ich von den Deutschen mehr erwartet. Die anderen haben sie schon zur Arbeit fortgeschafft. Nackt sind sie gegangen. Man wird sie wohl desinfizieren. Die Kleider liegen noch immer unter den Bäumen: Wir sind ordentliche Leute, so haben sie alles fein säuberlich zusammengefaltet und auf kleine Stapel gelegt. Wir wollen uns von den Deutschen nichts nachsagen lassen.

Sie

Das Gebell macht mir Angst. Man hört, wenn der Mensch die Tiere scharfgemacht hat. Wenn sie zupacken wollen, wenn sie an der Leine reißen. Sie hetzen aus allen Richtungen, ganz nah. Mein Kopf ist wie eingefroren. Ich will keine Gedanken haben. Ich stehe hier, bis die andern wiederkommen, und dann wird man weitersehen. Hauptsache, wir bleiben zusammen.

Er

Dass man den Unseren befohlen hat, sich in diesem Wald nackt auszukleiden, das war nicht richtig, das war unwürdig: Es hat weh getan. Ich habe mich abgewandt. Gilike hat gerufen: Opa, ausziehen kann ich die Schuhe schon alleine. Die letzten Wochen im Ghetto hat sie mit mir das Schuhbänderbinden geübt. Ganz ernst. Bald bin ich groß, Opa, und ich kann mir die Schuhe selber anziehen. Wo ist das Kind hin, sie werden die Kleine doch nicht zum Arbeiten schaffen, mein Engelkind, mein Herzblatt.

Sie

Früher in der Schule hat uns die Lehrerin aufgetragen, Bilder zu beschreiben: Also, ich sehe nach hinten: Bäume, im Hintergrund Stacheldraht. Stacheldraht haben die Deutschen hier im Überfluss. Vom Zug bis hierher ist der Stacheldraht nicht von unserer Seite gewichen, Boden so trocken, dass er staubt, unter uns die Erde zerrissen. Auch vor mir Wald, nicht dicht, man kann durch die Bäume schauen, zu einem einstöckigen Haus, Backstein, Schornsteine, Rauch. Wir stehen auf einem Stück Wiese an einem Wald. Eben noch waren wir viele, jetzt sind wir allein. Zwei.

Er

Sie sind nackt zwischen den Bäumen gelaufen, die alle, die Meinen und die andern. Aber jetzt sind sie schon lange in diesem Haus verschwunden. Wenn einer kommt von den Deutschen, werde ich fragen. Höflich, wie sie es uns im Ghetto mit den Fäusten buchstabiert haben: den Blick auf den Boden gerichtet: Melde gehorsamst. Aber ich werde fragen: Herr Offizier, werde ich sagen, Herr Offizier, da sind 14 Personen von meiner Familie in diesem Haus. Was passiert jetzt? Was ist mit uns? Hat man uns zurückgelassen, damit wir auf die Kleider aufpassen, bis sie zurückkommen? Meine Enkelin heißt Gilike, Herr Offizier. Wann kommt sie zurück? Noch muss ich ihr helfen, die Schuhbänder zu binden. Noch.

Sie

Da! Jetzt tritt einer aus dem Haus, in dem die Unseren noch immer sind. Wird er hierherkommen und uns zu ihnen bringen? Er bleibt vor dem Haus stehen, ruhig, wie einer, der Befehle gibt, wie einer, den niemand zu fragen wagt, warum bist du hinausgegangen. Der kann gehen, wohin er will. Jetzt zündet er sich eine Zigarette an, er steckt das Feuerzeug wieder ein, die Spitze der Zigarette leuchtet durch die Bäume hindurch und er geht auf und ab. So als schlendere er zuhause über den Hof. Irgendwo bellen die Hunde.

Er

Sie haben uns die Koffer abgenommen, gleich bei der Ankunft. Wir werden sie später zurückbekommen. Hier hat alles seine Ordnung, hat einer von den Offizieren gesagt: Beschwert euch nicht mit den Koffern und den Rucksäcken. Wir werden sie euch in die Quartiere bringen. Ihr geht jetzt zu Fuß. Und so sind wir zu Fuß gegangen. Wir haben durch den Stacheldraht Menschen und Baracken gesehen. Sie waren mager, die Menschen, aber sie waren am Leben. Ich hoffe, dass sie dort drüben Handtücher haben, dass sie sich abtrocknen können danach. Die Handtücher waren doch auch in den Koffern. Meine Gilike hat gerade einen Katarrh gehabt, sie ist zart, sie werden sie doch nicht durchnässt durch den Wald laufen lassen. Die Medikamente sind doch auch im Koffer.

Sie

Es sind noch welche in Kaposvár. Wir sind nicht der letzte Zug gewesen. Es müssen noch welche kommen aus Kaposvár. Auch meine Schwestern mit den Familien. Sie hatten noch nicht den Befehl zum Zug. Erszi, die Jüngste von uns, stand mit ihren Kindern am Weg, als sie uns zum Bahnhof geschafft haben. Sie hatten Wasserflaschen. Viele haben bei ihnen getrunken, es war heiß. Wenn sie kommen, werden von unserer Familie alle hier beisammen sein. Ihnen wird bei der Abfahrt keiner mehr Wasser vom Wegrand reichen können. Sie sind dann die Letzten aus Kaposvár.

Er

Als ich jung war, hat man viel von denen gesprochen, die aus Kaposvár weggegangen sind. So als ob sie es geschafft hätten. Das wusste aber keiner wirklich. Besonders haben sie den Maler bewundert, der zwei Namen hatte. Rippl und Ronai hat er geheißen. Jószef mit Vornamen. Aber alle haben ihn nur den Maler genannt. Der Maler war in Paris, und später ist er nach Kaposvár zurückgekommen. Das war alles. Er hat in einer Villa residiert, mitten in seinen Bildern, so haben es die Leute erzählt. Er war eine Berühmtheit.

1927 ist er gestorben, da war ich 33 Jahre alt. Ich erinnere mich an den Leichenzug: Der Maler ist besser begraben worden als die meisten in Kaposvár gelebt haben.

Ich wollte nie weg aus Kaposvár, weil ich mit Holz gehandelt habe. Holz wächst langsam und braucht seine Zeit. Also bleibt man beim Holz. Warum hätte ich weggehen sollen? Es reicht, wenn das Holz weggeht mit dem Verkauf. Wir haben Grubenholz bis nach Schlesien geliefert. Das Geschäft habe ich von meinem Vater und meinen Onkeln gelernt. Alle im Holz, alle sind geblieben. Ich mag den Geruch von Holz, ich mag das Geräusch der Säge und ich mag die Stille auf dem Holzplatz am Abend. Am liebsten bin ich dort für mich allein.

Sie

Musik war immer in unserem Leben. Sie war in unseren Herzen, sie kam aus dem Mund und sie kam aus den Händen und sie ist am Tage aus unseren Fenstern auch denen in die Ohren gefallen, die an unserem Haus vorübergegangen sind. Wir waren in ganz Kaposvár bekannt für die Musik, die wir zu Wege brachten. Da war das Klavier, da waren die Flöten, die Violine, da war das Grammophon und später der neue Schallplattenapparat: Kinderlieder, Walzer, Opern, Schlager. Wie oft sind wir bei Aufführungen im Gergely-Theater gewesen. Alle Kinder in unserer Familie konnten nicht genug bekommen von Hänsel und Gretel. Und nach der Aufführung sind die Melodien mit uns nach Hause gegangen, und wir haben weiter gesungen:

Hänsel und Gretel verliefen sich im Wald.
Es war so finster und auch so bitterkalt.
Sie kamen an ein Häuschen von Pfefferkuchen klein.
Wer mag der Herr wohl von diesem Häuschen sein?

Er

Pstttt! Ja, bist du denn jetzt ganz meschugge geworden? Du wirst sie noch auf uns aufmerksam machen. Verliefen sich im Wald, verrückte Alte, wir sind im Wald, aber sie haben uns hergebracht. Dies ist kein Wald, den wir uns ausgesucht haben für einen Familienausflug, dies ist kein Wald für Musik: Die Musik, die Musik, die Musik, sie sind in Kaposvár bekannt wie bunte Hunde wegen der Musik, ihr Haus hat dagestanden wie ein Radioapparat, den man nicht abschalten kann. Sie haben auf das Leben gepfiffen. Ich weiß nicht, ob sie überhaupt etwas ernst nehmen bei der Dudelei. Sicher, sie haben zwei Getreidemühlen, aber zu Geld sind sie nur durch das Holz gekommen, das mein Vater ihnen günstig geliefert hat, bevor sie unbedingt auf den Elektrostrom umsteigen mussten. So wie sie die Ersten in Kaposvár gewesen sind mit einem Grammophon. Immer die Nase aus dem Haufen stecken, hat schon mein Vater über sie gesagt, kein Ernst, keine Disziplin, Leichtfüße. Singt hier im Wald herum wie ein Kind, das Angst hat im Dunkel.

Natürlich waren viele uns feindlich. Sie mochten uns nicht – bis heute. Auch unter meinen Leuten waren welche. Aber bevor sie zur Arbeit auf dem Holzplatz gekommen sind, haben sie ihre Goschen zugeschlossen. Sie wollten doch Arbeit von mir und den Lohn, den ich zahle. Den Hass und die Verachtung uns gegenüber haben sie sich für zu Hause und für die Straße aufgespart. Ich wusste immer, dass sie ein Tier in sich eingesperrt hielten, das endlich raus wollte. Manchmal konnte man es in der Stadt heulen hören, wenn sie alle miteinander marschiert sind in ihren schwarzen Joppen. Es ist immer schlimmer geworden in der letzten Zeit. Noch mehr als sonst. Was sie in Budapest in den Schreibstuben und in der Regierung eingefädelt haben gegen uns, das haben

die Pfeilkreuzler in Kaposvár in die Gassen gebrüllt und auf die Hauswände geschmiert. Blanker Hass. Und wenn die Meinen auf den Holzplatz kamen, hab ich den Hass hinter ihren Augen gesehen, wenn sie mich angeschaut haben. Sie haben gewartet, dass sie von der Kette kommen. Und das Grinsen in ihren Mundwinkeln, wenn ich mich plötzlich umgedreht habe, war die Vorfreude auf diesen Tag, der schon um die Ecke gelegen war. Wir werden es ihnen besorgen und uns alles holen, das war ihr zischendes Mantra, wenn man sie flüstern gehört hat miteinander.

Sie

Wir haben die Musik schon gehört, als sie die Waggons noch gar nicht geöffnet hatten. Einige haben geweint, die Toten hatten wir an die Seiten geschoben. Katzky, der Schneider, hat die Hand seiner Frau genommen und zu ihr und den Kindern gesagt: »Hauptsache, wir bleiben zusammen«. So laut, dass es alle gehört haben. Ja, das war unser aller Wunsch: dass wir zusammenbleiben. Die Familien, die aus Kaposvár. Nur er da drüben, immer voller Spott und Hohn, er hat gesagt …

Er

Ich weiß, was ich gesagt habe. Du brauchst es nicht hervorziehen wie ein benutztes Taschentuch: Ich weiß, was ich gesagt habe, und ich kann es gerne noch einmal wiederholen: ich habe gesagt, sie werden doch da herinnen, wo wir scheinbar angekommen sind, keine Kaffeehäuser haben, in denen uns die Musik aufspielt. Das habe ich gesagt, als sich Gilike an mein Bein geklammert hat, und die Angst des Kindes ist an mir hochgekrochen, so dass ich zum Ende nicht gewusst habe, halte ich das Kind oder hält das Kind mich. Und dann haben sie die Türen aufgezogen zum nächsten Akt für uns aus Kaposvár, die wir in diesem Waggon waren, 87 Personen. Ich habe uns nach der Abfahrt gezählt, so, wie ich in meinem ganzen Leben alles gezählt habe. Ich habe die Arbeitsstunden meiner Holzarbeiter gezählt, ich habe die Stämme gezählt, die sie aufgeladen haben, ich habe alle Stufen gezählt, die ich in meinem Leben hinaufgestiegen bin und so habe ich aus Gewohnheit und zur Beruhigung am Bahnhof auch die Waggons gezählt, die sie für uns an die Lokomotive gehängt hatten. Es waren 24. Ich habe begonnen die Leute zu zählen, als sie in die Wagen hineingeklettert sind oder man die Kinder und die Alten hineingehoben hat. Ich habe versucht, sie zu zählen. Aber irgendwann sind mir die Zahlen gestorben, es waren zu viele, es war von allem zu viel.

Da hat er recht … Wie ein Kind im dunklen Wald. Nie habe ich gedacht, dass es eine Zeit in meinem Leben geben wird, in der die Angst größer sein wird als alles andere. Sie ist größer als ich, größer als Kaposvár, größer als Ungarn und größer als die ganze weite Welt. Sie ist die Welt. Vor allem aber habe ich nie geglaubt, dass der Tag kommt, an dem Musik mir Angst machen wird. Als sie vorhin nach den drei Tagen der Dunkelheit die Türen der Waggons geöffnet haben, war da zuerst das Licht: Wir haben uns den Arm vor die Augen gehalten, weil wir geblendet waren. Wir sahen nichts, aber wir hörten die Hunde. Erst hinter den Hunden kam die Musik. Ich habe den Arm heruntergenommen und die Menschen gesehen, die in Uniformen, die die Hunde hielten, und die Uniformen, die etwas Höheres waren. Sie starrten durch uns hindurch, als seien wir gar nicht da. Fast bewegungslos warteten sie darauf, beginnen zu können mit dem, was dann geschehen ist. Sie haben uns voneinander getrennt. Ich habe Katzkys Blick gesehen, als sie ihn zur anderen Seite geschickt haben, da, wo dic Kräftigen waren. Seine Frau und die Kinder blieben bei uns. Hauptsache, wir bleiben zusammen. Zwischen all dem irrten Musikfetzen umher, so wie Papier auf einem Hof vom Wind hochgewirbelt wird. Die Musik war hinter dem Stacheldraht und sie blieb im Stacheldraht hängen. Schumanns Träumerei. Natürlich habe ich sie erkannt. Aber mir war, als ob die Töne vergeblich wären, als ob es keinen Sinn mehr hätte, zu träumen.

Er

Träume, Träume, Musik und Träume. Wenn du dir deine Träume erfüllen willst, darfst du nicht schlafen, hat mein Großvater uns schon als Kindern vorgehalten, und so hatte er meinen Vater erzogen. Wir haben Träume immer für Schmonzes gehalten. Und der Schlaf war ein dunkles, notwendiges Übel, das den Menschen von der Arbeit und vom Fortkommen abhält. Als Kind habe ich geträumt, dass ich erwachsen bin und fliegen kann. Ich habe geträumt, dass mich Räuber in einen dunklen Wald schleppen, und ich habe geschrien. Der Junge hat zu viel Phantasie, du musst ihn schärfer herannehmen, hat mein Vater zu meiner Mutter gesagt. Also habe ich beschlossen, keinen Unsinn mehr zu machen und nicht mehr zu träumen. Ich wollte ein braver und tüchtiger Junge sein, so wie mein Vater. Und so habe auch ich meine Kinder erzogen. Wie dumm wir waren, wie eingetrocknet, habe ich erst begriffen, als Gilike auf die Welt gekommen ist. Ich habe sie gesehen, mein erstes Enkelkind, und ich habe gewusst, dass sie mein Augenstern ist, die Träume, von denen ich mein ganzes Leben hindurch nie mehr zu sprechen gewagt habe.

Sie

Er vergöttert dieses Kind, alle in Kaposvár haben über ihn gelacht, den stolzen Herrn, der immer durch die Straßen marschiert ist, als hätte er zu Mittag zwei Teller Eisen gefressen. Für ihn hat es nur die Arbeit gegeben, die Pünktlichkeit, die Pflicht, das Geradeaus. Geizig ist er nicht. Den Armen in der Gemeinde hat er geholfen, für das Theater hat er gespendet und für die Feuerwehr. Aber er war geizig mit sich selbst. Und dann ist er dem Kind nachgelaufen wie ein Dackel an der Leine. Jedem hat er über das Kind gesprochen, seine Worte, seine Klugheit, seine Neugier. Es war, als wäre er aus einem Felsen herausgesprungen und würde nun vor uns her tanzen. Viele haben das nicht verstanden. Auch seine eigenen Kinder nicht.

Er

Ich spreche mit Gilike mehr als mit mir selbst. Die Sätze mit meiner Frau und mit meinen Kindern sind allesamt ein paar Wörter kurz. Ich habe immer gedacht, bleib bei dir selbst, beweg dich nicht zu viel auf und davon, du wirst dich und die anderen nur in Verwirrnis stürzen. Das Leben war doch schon schwer genug ohne Worte. Mit der Muttermilch haben wir es eingesogen, dass man sich in Acht nehmen muss vor denen, die die Mehrheit sind und die uns mit Misstrauen und Ablehnung begegnen. Du musst immer mit dem Schlimmsten rechnen, und wenn es schlimm ist, wenn der Hass gegen dich spült, dann vergiss nie, dass es noch schlimmer werden kann. Auch das hat der Vater gesagt. Und dem hat es der Großvater gesagt, dem es wiederum sein Vater gesagt hat.
Wir waren doch in Ungarn mancherlei gewöhnt. Das, was sie uns zugeschrieben haben in den Gazetten, das Negative. Die Vorsicht, die man uns gegenüber walten lassen muss: kleinhalten, entfernen, abtrennen: Ihr gehört nicht dazu, das haben sie uns immer wieder auf die eine oder die andere Weise ins Gesicht geschlagen. Und den eigenen Leuten haben sie zugezischt: Hütet euch vor denen – sie sind gefährlich, sie werden uns zerstören, sie sind giftig. Das brütete nicht nur in der Politik, das steckte in den Menschen.

Sie

Ich hatte meiner Magda Bänder ins Haar geflochten. Grün, weiß, rot. Auch das Kostüm, das ich ihr genäht hatte, war in Ungarns Farben. Die Stiefel haben geglänzt. Der Rock ist geflogen, als sie sich vor dem Spiegel gedreht hat. Und dann ist sie zur Schule gegangen, am Nationalfeiertag. Und die Lehrerin hat ihr ins Ohr gezischt: »Das kommt dir nicht zu. Ihr seid gar keine Ungarn.« Sie war doch ein Kind, elf Jahre alt, sie hat sich doch so gefreut. Und war zerbrochen. Sie hat es nicht verstanden, diese Niedertracht. Natürlich haben die anderen Kinder den Hass aufgenommen und auch gezischt: Ihr seid gar keine Ungarn. Sogar ihre beste Freundin Katalin war dabei. Mein Kind ist nach Hause gekommen wie ein großes Elend, ihr Schnupftuch war so nass, dass die Tränen noch aus ihm herausgeflossen sind. Später ist nichts mehr zusammengewachsen. Immer schreckhaft und voller Angst. Heute hat sie selber schon Kinder. Andor, Eszter und Miklos. Andor ist 13, Eszter zwölf und Miklos zehn. Und jetzt sind auch sie immer noch verschluckt in dem Haus dort drüben. Nur meinen Schwiegersohn haben sie nach der Ankunft von uns separiert. Er ist uns verschwunden. Wer weiß, bis wann.

Nur aus Deutschland. Nur aus Deutschland kauft man die Sägen. Schon der Großvater hat alle Sägen und das Gewerk aus Wuppertal bezogen. Ich wusste als Kind noch gar nicht, was Deutschland war, aber Wuppertal war immer am Tisch, wenn man über die Arbeit, das Holz, die Qualität der Sägen und den Kauf neuer Werkzeuge gesprochen hat. Wir alle haben doch auch Deutsch gesprochen. Deutsch war die Sprache, die uns allen gegeben war. Egal, ob die Unseren in Pressburg, in Lemberg, in Wien, Prag oder Kaposvár wohnen – egal ob Tschechisch, Slowakisch, Russisch, Ukrainisch oder Ungarisch – Deutsch war die Sprache der Familie, die alle zusammengebunden hat. Nein, wir haben von den Deutschen nichts Grausames erwartet. Natürlich hatten wir von Hitler gehört und seinem Hass gegen uns. Aber wir haben immer gedacht, er ist mit seiner Bande allein. Der Deutsche, der die besten Sägen der Welt machen kann, wird doch einem solchen armseligen Gespensterhalunken nicht hinterherlaufen. Als die ungarischen Politiker zu Hitlers Hof gezogen sind und sich mit ihm verbündet haben, haben sie sich fein ausgerechnet, dass der Herr Führer auch Ungarn alle nach dem Weltkrieg verlorenen Gebiete zurückerobern wird. Der Hass gegen die Juden hat beide noch zusätzlich zusammengeklebt. Aber 1943 hat der kluge Herr Horthy gerochen, dass Hitler nichts mehr gewinnen wird in diesem Krieg, und er wollte die Fahne wechseln. Und so sind zur Strafe am 19. März 1944 die Deutschen in Ungarn eingefallen. Wir haben einander Mut zugesprochen, das werden wir auch noch überstehen, die deutsche Ordnung. Wir wussten doch, dass die Russen kommen werden, die schon 300 Kilometer entfernt in den Karpaten waren. Und dann haben die Deutschen uns in ein Ghetto gezwungen, um die Synagoge

herum. Zu Sechstausend waren wir dort eingepfercht. Von Mai bis zum 6. Juli. Das war vor drei Tagen, und es war heiß. Dann der Zug. Hierher, wo ich nicht einmal weiß, wo ich bin, wie dieser Ort heißt auf der Welt.

Sägen, Sägen. Der Holzkopf hat nicht lernen wollen in der Schule, als wir zusammen in den Klassen waren. Immer nur das Praktische. Immer nur zählen, nie erzählen. Wir hatten eine ältere Dame, die uns im Deutschen unterrichtet hat. Sie hat für Goethe geschwärmt und seine Poesie. Ihn hat das nicht interessiert. Er fand sie lächerlich mit ihrem Getue. Das war alles Firlefanz für ihn. Mir ist das erste Gedicht, das wir auswendig lernen mussten, nie aus der Erinnerung gefallen. Es klingt bis heute in mir. Ich weiß nicht mehr, auf wie vielen Familienfesten ich es später habe aufsagen müssen, und vor dem Aufsagen habe ich geknickst:

Johann Wolfgang von Goethe – Gefunden

Ich ging im Walde
So für mich hin
Und nichts zu suchen
Das war mein Sinn.

Im Schatten sah ich
Ein Blümchen stehn
Wie Sterne leuchtend
Wie Äuglein schön.

Ich wollt es brechen,
Da sagt es fein:
Sollt ich zum Welken
Gebrochen Sein?

Ich grub's mit allen
Den Würzlein aus
Zum Garten trug ich's
Am hübschen Haus.

Er

Jetzt muss bald eine Stunde vergangen sein. Es wird höchste Zeit, dass sie zurückkommen. Sie werden uns berichten, was man mit ihnen gemacht hat. Das hier ist kein guter Ort für Menschen. Der Gestank zerquetscht die Luft immer mehr, immer dunklere Rauchsäulen steigen aus den Schornsteinen und jetzt auch aus den Wiesen. Wir sehen Männer mit Schubkarren. Gegenüber von uns kippen sie etwas in eine Senke. Etwas Graues, das staubt und sich über alles legt, auch über uns. Ich bin ganz leer und möchte zusammenfallen. Sie sollen jetzt bitte wiederkommen, damit das hier alles ein Ende hat. Sie werden uns hinter den Stacheldraht bringen, und wir müssen die Zähne zusammenbeißen. Es kann doch nicht ewig dauern, bis die Russen hier sein werden. Das ist die einzige Hoffnung, die man noch hat in dieser Finsternis. Irgendwann werden wir nach Hause gehen, nach Kaposvár. Ich werde Gilike an die Hand nehmen und ihr sagen, dass jetzt alles vorbei ist, dass der Stacheldraht ein Ende hat und eine Wiese eine Wiese ist und sonst nichts. Ich habe Angst, wie es sein wird mit uns. Wir nehmen doch alles mit von hier, es bleibt doch eingeschrieben in uns. Am besten, man spricht nicht mehr darüber. So wie ein Hund, der sich schüttelt, wenn er aus dem Wasser kommt. Was werden die andern sagen, wenn wir zurückkommen. Sie werden zornig sein, wenn sie uns sehen: Nicht einmal das können sie, fortbleiben, wo wir sie doch schon in unseren Gedanken gejagt haben, lange bevor die Deutschen sie endlich weggeschafft haben. Sie haben den Hass behalten wie die eigene Haut, auch als wir weg waren. Noch unsere Gräber werden sie zerstören, so als seien wir nie gewesen. Wenn Gilike mit den anderen zurückkommt, sie werden ja bald zurückkommen, so eine Sache kann ja nicht ewig dauern, müssen wir in eine andere Rich-

Sie

Und pflanzt es wieder
Am stillen Ort,
Nun zweigt es immer
Und blüht so fort.

tung gehen. Weg von Kaposvár. Wir werden übers Meer gehen. Dort muss es auch Holz geben. Und Sägen. Und Menschen.

Sie

Komm, lass uns wieder hinübergehen. Ich will das Haus nicht aus dem Blick verlieren, in das sie die Unseren verschleppt haben. Du hast recht, sie werden sie bald wieder herausgeben müssen. Wir werden sie empfangen und trösten: Wir haben auf eure Kleider aufgepasst. Wir werden den Alten und den Kindern helfen, sich anzuziehen. Die Mützen braucht keiner mehr aufzusetzen bei der Hitze. Wir hatten sie mitgenommen. Wir haben so viel auf unsere Leiber und in die Koffer gepackt, wie wir tragen konnten. Wir wussten doch nichts über all das hier. Wir wissen nicht, wie lange wir bleiben müssen, Tage, Wochen, Monate. Ich will nicht daran denken. Ich will daran denken, dass wir wieder alle zusammen sein werden. Auch die Musik und deine Sägen. Alles, was zu uns gehört, wenn wir wieder am Leben sind. Vielleicht warten sie schon auf uns. Komm, es ist Zeit.

Ich sehe Hunde,
die an der Leine reißen

Felka

1906

Cheść, dzień dobry. Ich wohne in Warschau. Hier wohnen viele Juden. Meine Eltern haben mich Felka genannt. Sie sagen: »so heißt ein Mädchen, das glücklich ist«. Ich bin auch glücklich. Meistens. Am glücklichsten bin ich, wenn ich zeichne. Dann vergesse ich die ganze Welt.

1909

Meine Mutter schimpft mit mir: Ich soll in der Küche helfen. Sie schimpft auch mit meinem Vater, weil ich keine gute Tochter bin. Gute Töchter helfen in der Küche und wollen alles lernen: Wie man kocht und wie man alles für Schabbat vorbereitet. Mein Vater ist sanft und leise: »Sie hat doch andere Gaben«, sagt er. Meine Mutter lächelt und dreht sich schnell weg. Aber ich habe es gesehen.

1911

Ich habe meine Eltern gefragt, was wir eigentlich sind. Wir sind Juden, wir sind Polen und in Warschau herrschen die Russen. Also? Und mein Vater hat es mir erklärt: »Wir werden immer Juden sein, Felka, wir werden immer polnische Juden sein, aber russische Untertanen, das werden wir nicht immer sein. Aber das Letzte darfst du nirgendwo sagen, nur mit uns zu Hause.«

Felix

1909

Hallo, mein Name ist Felix. Heute habe ich Geburtstag. Meine Eltern haben mir einen schönen Blechkasten mit 36 Buntstiften geschenkt. Die Stifte leuchten.
Wir leben in einem großen Haus. In Osnabrück.

1910

Heute habe ich gehört, wie meine Eltern auf der Straße geflüstert haben: »Philipp, du musst dem Jungen sagen, dass er die Leute nicht so anstarren darf. Das gehört sich doch nicht.« Und mein Vater hat zurückgeflüstert: »Rahel, lass ihn gucken. Er sieht mehr als du und ich. Er merkt sich die Menschen für seine Stifte.« Das gefällt mir.

1911

Wir haben auch einen schönen Tannenbaum. Papa hat ihn gekauft. Wilhelm von gegenüber hat mich auf der Straße angebrüllt: »Juden dürfen gar keinen Weihnachtsbaum haben, weil sie den Herrn Jesus umgebracht haben.« Mama sagt: »Halt dich von dem Bengel fern, sein Vater ist der größte Antisemit in unserer Straße.« Vater brummt: »Antisemit, ein Hornochse ist der, dumm und dunkel.«

Felka

1912

Flugs aus der Wohnung unter uns packen alles ein. Kisten und Körbe. Sie gehen übers Meer nach Amerika. Viele Juden wollen nach Amerika. Warum, habe ich meine Mutter gefragt: »Was ist anders in Amerika?« Dort sollen alle Menschen gleich und frei sein und es soll keinen Hass unter den Menschen geben, hat meine Mutter erklärt. Auch keinen Hass gegen uns? Nein, Felka, auch keinen Hass gegen uns. Aber ich finde Warschau schön. Ich will nicht weg.

11. Oktober 1913

So, jetzt habe ich es Papa und Mama gesagt: Ich will Malerin werden. Zum ersten Mal habe ich es ausgesprochen. Papa lächelt traurig: »Mädchen studieren nicht, Felka. Nicht in dieser Welt und nicht in dieser Zeit.« Mama schüttelt nur mit dem Kopf und ist wütend über Papa: »Du setzt ihr all diese Flausen in den Kopf«, und zu mir sagt sie: »Malerei, brotlose Kunst, davon wird niemand satt und eine Familie schon gar nicht.« Aber ich will Malerin werden. Ich werde weggehen, und ich werde Malerin sein.

29. Juni 1914

Die Stadt ist nervös. Ich höre die Menschen auf den Straßen flüstern: »Bald geht es den Russen an den Kragen.« Gestern haben sie in Sarajevo den österreichischen Thronfolger und seine Frau erschossen. Papa sagt: »Die Welt

Felix

1912

Abends, wenn Vater aus dem Geschäft nach Hause kommt, will er erst die Schulaufgaben von meinem Bruder und mir sehen und dann, was ich tagsüber gezeichnet habe. Er lobt mich, und er erklärt, was ihm nicht gefällt. Später holt er das große Buch aus dem Regal: »Schau Felix, van Gogh, er ist der Gipfel. Da musst du immer wieder hinaufklettern, wenn du wirklich ein Maler werden willst. Immer wieder versuchen!« Ab jetzt darf ich mir das Buch selber holen.

11. Oktober 1913

Heute waren wir alle zu Jom Kippur in der Synagoge. Papa hat uns ganz fest an der Hand gehalten, als der Kantor gesungen hat. Ich muss immer an den Kantor denken. Sein Gesicht ist mit mir nach Hause gegangen. Der Kantor heißt Elias. Papa sagt, Elias war ein Prophet, der mit einem Feuerwagen direkt in den Himmel gefahren ist. Deswegen werden bis heute die Lokomotiven feuriger Elias genannt. Und Elias erinnert uns daran, dass wir immer treue Juden sein sollen.

29. Juni 1914

Papa erzählt uns, dass feige serbische Attentäter den österreichischen Thronfolger und seine Frau aus dem Hinterhalt ermordet haben. Beim Abendessen spricht er viel über den Krieg: »Deutschland muss seinen Verbündeten

schüttelt sich, es wird nichts Gutes dabei herauskommen. Das waren die beiden ersten Toten.« Mama umarmt Papa: »Hauptsache wir sind alle zusammen.«

5. August 1915

Seit Tagen haben sich die Russen aus Warschau und aus Polen zurückgezogen. Wir hörten das Sprengen der Brücken. Vieles ist zerstört. Trotzdem freuen sich die Menschen. Heute sind die Deutschen auf ihren Pferden in Warschau eingeritten. Ich stand an der Straße: Die Pferde waren sehr müde. Es ist immer noch Krieg. Tausende Soldaten sollen im Westen sterben. Vater hat gesagt, dass viele von den Soldaten nur ein, zwei Jahre älter sind als ich.

1917

Ich habe mit meinen Eltern gestritten: Juden sind rechtlos, nur sterben dürfen wir in den Kriegen – egal auf welcher Seite. Warum kämpfen wir nicht für uns, für unsere Rechte? Vater redet und redet, aber er kämpft nie. Er liest, arbeitet und schläft. Und Mutter liest oder singt in der Küche. Nie ändert sich etwas. Der Krieg ist im viertem Jahr. Die Deutschen herrschen in Warschau, als seien sie schon immer hier gewesen.

helfen und seine Ehre verteidigen. Jetzt stehen auch wir deutschen Juden fest zu unserem Kaiser und zu unserem Vaterland. Jetzt gibt es keine Unterschiede mehr, jeder muss an seinem Platz seinen Mann stehen, wenn das Vaterland ruft. Auch ihr, Kinder.« Mama sagt nichts.

6. August 1915

»So sind wir«, ruft Papa, als er aus dem Geschäft kommt. Hurra! Gestern hat unsere Kavallerie Warschau genommen. Der deutsche Soldat und das deutsche Pferd: Für den Kaiser und Hindenburg. Und alle Deutschen in Treue fest. Und mir hat er auf die Schulter geklopft und gefragt: »Kannst du eigentlich Pferde malen, Felix? Mal Pferde, sie haben es verdient.« Mama hat mit dem Kopf geschüttelt.

1917

Auf dem Heimweg von der Schule bin ich am Gasthaus »Germania« vorbeigegangen. Da hat ein Mann die Tür aufgerissen und gebrüllt: »Das ist der Sohn vom reichen Nussbaum. Hau ab, du Judenbengel, oder ich mach dir Beine.« Ich bin nach Hause gerannt, und ich habe geweint. Aber vor unserer Tür habe ich mir das Gesicht abgewischt. »Es ist Krieg, und wir müssen alle tapfer sein«, sagt Papa.

Felka

März 1918

Die Deutschen und die Russen haben einen Waffenstillstand geschlossen. Der Krieg scheint weit weg und ist mir doch ganz nah. Er frisst alles. Es ist nur noch traurig – und entsetzlich. »Was wird daraus noch werden?« Ein Satz aus meiner Lieblingserzählung von Boleslaw Prus. Ich habe Prus oft auf der Nowy-Swiat-Straße beobachtet, wenn er spazieren ging. Heute werde ich ihn aus der Erinnerung zeichnen: Prus hat nie einen Spazierstock benutzt. Ein alter Mann mit auf dem Rücken verschränkten Händen. Seine Augen leuchteten weit. Meine Lieblingserzählung heißt »Die Welle strömt zurück«. In Russland gibt es auch keinen Zaren mehr. Die Bolschewiken haben ihn getötet.

26. Juni 1919

Neue Zeiten, ein neues Parlament und eine neue Verfassung wird es auch geben: Polen ist eine unabhängige Republik. Marschall Pilsudski ist ihr Schöpfer. Ein gewaltiger Schnauzbart und eine sehr hohe Stirn. So sieht die Macht aus. Die Menschen liegen ihm zu Füßen. Sie verehren ihn voller Dankbarkeit. Die Nachbarn tuscheln, dass es im Land weiter Pogrome gegen uns Juden gibt. Vater sagt: »Für uns bleibt der Boden heiß. Sie werden uns niemals als wahre Polen anerkennen.« Menschen in Amerika haben gegen die Pogrome protestiert. Jetzt soll Polen einen Minderheitenschutzvertrag unteschreiben. Ich habe vor dem Spiegel in meinem Zimmer ein Selbstporträt gezeichnet und darunter geschrieben: »Geschützte Minderheit – Bitte am Leben lassen!« Aber niemand lacht.

Felix

Januar 1918

Dauernd essen wir Rüben. Alle in meiner Klasse haben Hunger. Die Erwachsenen haben Angst vor dem, was kommt: Auch die Lehrer brüllen leiser. Der Krieg im Westen muss furchtbar sein. Ich habe Mutter gefragt, ob wir vielleicht in diesem Sommer nach Ostende fahren. Sie war ungehalten: »Frag nicht so dumm, im Krieg verreist man nicht. Man bleibt zu Hause. Ostende ist Feindesland.« Der älteste Bruder von Fritz aus der Parallelklasse ist in Frankreich gefallen. Fritz hat in der Pause heimlich auf dem Schulhof geweint. Der Hausmeister hat ihn gesehen und ihm eine Ohrfeige gegeben: »Stolz musst du sein, du feige Memme.«

September 1919

Alles ist jetzt ganz anders. Wir sind eine Republik. Der Kaiser hat schon lange abgedankt. Vater ist nicht begeistert: »Wir wussten, was wir hatten. Die Neuen müssen erst mal beweisen, dass sie es können. Zu viel Rumgequatsche, zu viel Plebs – und dafür hat man im Felde gestanden.« Mutter sagt, er soll abwarten, das seien doch auch anständige Leute. Und in der Firma soll er bloß schweigen mit seinen Launen: »Du bringst doch nur die Angestellten gegen uns auf. Es reicht, wenn du in deinem Kavallerieverein das große Wort führst.« Ich möchte gern in den Schachverein. Im Hotel Hohenzollern hat sich einer gegründet. Eva hat mich gefragt, ob sie auch Mädchen aufnehmen. Dann könnten wir doch zusammen hingehen.

Felka

1921

Warschau wird eng. Die Eltern wollen, dass ich bleibe, wo ich bin, wie ich bin und was ich bin: ihre Tochter. Ich aber bin 22 Jahre alt, erwachsen und ich will gehen, sehen und lernen: Um zu malen zu malen und zu malen. Das wird hier in dieser Watte niemals möglich sein. Gestern habe ich Bilder von einer Paula Modersohn-Becker gesehen. Sie hat in einem Verein Berliner Künstlerinnen mit anderen Frauen gezeichnet. So stand es in dem Artikel. Interessant. Berlin ist nicht wirklich weit weg. Kein Meer zwischen Warschau und Berlin. Für Mutter und Vater wenigstens ein beruhigender Gedanke.

1922

Das hat noch gefehlt: In Berlin haben sie Außenminister Rathenau ermordet. »Ein Jude«, sagt Mutter mit vorwurfsvollen Augen und empörtem Ton in meine Richtung. »Und da zieht es dich hin? Ich werde vor Sorge vergehen. Meine Tochter allein in diesem Moloch.« Ich bemühe mich, nicht hinzuhören. Jeder Tag in Warschau hat mindestens 48 Stunden. Aber ich muss meine Augen offen halten: sehen, malen, malen. Alles ist Vorbereitung für den Beginn.

Berlin, den 27. September 1923

»Sehr geehrtes Fräulein Platek! Ihre beigefügten zeichnerischen Arbeiten haben uns ganz gewonnen. Wenn Sie

Felix

1921

Osnabrück wird eng. Ich will anfangen. Nicht immer nur als »das Talent« zu Hause hocken. Utrillo war auch 17, als er mit der Malerei begonnen hat: Als eigene Persönlichkeit. Dazu dauernd die Diskussionen über Berlin. Berlin ist den Eltern, besonders Mutter, zu schrill, zu verführerisch und zu weit weg. »Hamburg hat doch auch seine Möglichkeiten«, sagt Vater. Na gut, Hamburg liegt auf dem Weg nach Berlin. Wir werden sehen.

1922

Gott sei Dank: Adieu, Osnabrück. Am Schluss nur Spannungen: »Abitur, kein Abitur – schon in der Schule keine Disziplin – wie soll das erst gehen, wenn du in der Fremde alleine auf dich gestellt bist?« Es war nicht mehr auszuhalten. Also Hamburg. Die Kunstgewerbeschule ist erst einmal imposant: ein riesiges Monumentalgemälde von Willy von Beckerath: Die ewige Welle. Alles beginnt, endet und beginnt: Ich beginne jetzt. Ihr werdet es schon sehen mit der Disziplin: der Maler Felix Nussbaum.

1923

Am Wochenende fahre ich nach Hause: Es muss Klarheit geschaffen werden. Vater wird es verstehen, er muss es

sich denn entschließen könnten, nach Berlin überzusiedeln, wären Sie an der Lewin-Funcke-Schule zur weiteren Förderung Ihrer Begabung und zur Begegnung mit Gleichgesinnten herzlich willkommen.« Ein Brief aus Berlin. Er kam postlagernd. Die Eltern dürfen nichts wissen. Noch nicht. Wer weiß wann ... Ich hatte heimlich Zeichnungen hingesandt: Dort studieren Frauen und Männer gemeinsam: Als Künstler, die das Beste in sich finden wollen. Ich brauche Kritik, andere Menschen, bald ... Ich lese den Brief immer wieder.

1924

Nun ist alles entschieden und alles gesagt: Mutter läuft mit verheultem Gesicht durch Warschau und erzählt allen und jedem, dass ich sie und Vater verlasse: keine gute Tochter, die heiratet, nein, ein undankbares und egoistisches Geschöpf. Sie sagt es nicht, aber ich spüre, dass sie es so empfindet. Vater ist traurig, sehr traurig, aber er will mein Glück, so wie ich mein Glück will. Mutter will, dass ich so bin und werde wie sie. Ich liebe beide sehr. Auch ich bin traurig. Ich hasse diesen Abschied aus ihrer und meiner Welt. In einer Woche reise ich nach Berlin.

1925

Berlin reißt mich mit jedem Tag weiter von Warschau fort. Die Menschen an der Schule sind mir nah und fern: tagsüber ein ungeheurer Eifer, kurze, tiefe Sätze im Ge-

verstehen: In Hamburg die Künste – die reichen Pfeffersäcke kaufen Bilder für ihre Salons. Alle wollen entdeckt werden: rein in die Villen, ran an den Zaster. Da hängt man an der Wand wie tot. Nichts atmet heftig, nichts stürzt heraus ins Offene. Der Wind weht fort: Es kann nur Berlin sein. Es muss Berlin sein.

1924

Berlin atmet hastig und laut. Jeder will vom Leben abbeißen. Man kann den Kopf gar nicht so schnell drehen, wie die Ohren wollen. Am Abend sind die Augen übervoll. Und was male ich? Ein Blumenstillleben. Und was spaziert in meinem Kopf? Ein Selbstbildnis – als Junge mit meiner geliebten Baskenmütze, ein Geschenk der Eltern. Anfangs habe ich sie gehasst, sie war mir zu affig. Berlin: Ich laufe zu mir zurück: zum Festhalten.

1925

Nachmittags, wenn ich mein Pensum und meine Klassen an der Akademie hinter mir habe, besuche ich manchmal die private Malschule des Malers Lewin-Funcke in

spräch. Alle wollen die Welt in ihre Hände nehmen, die Kunst bestimmt ihr Leben total und abends stürzen sie wie Freigelassene in die Nacht, die hier in Berlin wie ein anderer Kontinent leuchtet und lockt. Mein Lehrer heißt Ludwig Meidner. Er malt und schreibt. Heute sagte er zu mir: »Sie müssen das Gewohnte überwinden, Fräulein Platek, wenn Sie ein Haus mit Fenstern malen, muss man aus den Fenstern hören, was die Menschen sich drinnen erzählen, wie sie schreien, weinen und lachen. Ihre Blicke und Ihre Bilder müssen durch die Wände gehen.«

1926

Ich bin nicht nach Berlin gekommen, um mich zu verlieben. Hier gibt es einen, der ständig zu mir her starrt. Gott sei Dank kommt er meist nur nachmittags. Offenbar ein verwöhntes Bürgersöhnchen, etwas aufgeblasen. »Aus gutem Hause« nennen sie das hier. Aber mit der Malerei und der Kunst soll es ihm ernst sein, sagen die Kolleginnen und Kollegen. Er heißt auch noch Felix. Hauptsache, der Mensch lässt mich in Ruhe.

23. Mai 1927

Berlin taumelt im Lindbergh-Fieber. Verzückt, als seien sie alle dabei gewesen: allein über dem unendlichen Atlantik. Ich denke an Ikarus: Sein neugieriger Blick ins

der Kantstraße. Männer und Frauen arbeiten gemeinsam. Das ist eine ganz eigene Atmosphäre. Lebendiger, mehr dem Eigentlichen zugewandt, nicht so professoral und offiziell. Und keine Konkurrenz: Alle verfolgen und betrachten, was die anderen machen, mit Interesse und Offenheit. Keine Verdikte, die Daumen oben. Kritik, die Mut macht. Ich sauge das alles in mich hinein. Seit Wochen beobachte ich heimlich eine junge Polin: ihr Gesicht bei ihrer Arbeit – zutiefst faszinierend. Ich weiß nicht einmal, wie sie heißt.

1926

Meine ganzen Erdentage und alle Bilder, die jemals durch die Augen hindurch in meinen Kopf spaziert sind, haben sich ebenfalls in Berlin niedergelassen. Sie geben keine Ruhe: Ich male Mutter, ich male Vater und auch Elias, der Kantor der Synagoge in Osnabrück, ist zurückgekommen und klopft an die Tür: Yom Kippur mit den Eltern in der Synagoge, unvergessen und unzertrennlich. Die ernste Polin heißt Felka. Ein Kollege hat meine ständigen Blicke hin zu ihr bemerkt: »Felix sucht Felka«, seitdem in den Ateliers bei Lewin Funcke ein geflügeltes Wort.

23. Mai 1927

Der Mai: Ich feile an meinem Selbstbildnis mit grünem Hut – selbstsicher, etwas verwegen, etwas auf der Suche. Bevor ich mich endgültig zum Narren gemacht hatte,

Unendliche, in die Tiefen, die Höhen des Alls. Selbstvergessen bis zum Ende. Mein Blick auf die leere Leinwand: diese unendliche Angst, der weißen Fläche nichts, aber auch gar nichts hinzufügen zu können. Fliegen gelingt nur selten, ist hart erarbeitet und doch immer ein Geschenk. Und: Ich habe mich breitschlagen lassen: Felix, der Starrende, hat mich für heute Abend zum Essen eingeladen. Sollen sie tuscheln. Der Mai …

April 1928

Ich bin immer noch verliebt: Felix ist klug und verzogen, zärtlich und eigensinnig. Er rollt seine Welten und seine Geschichte vor mir aus: Das musst du kennenlernen, das musst doch wissen … Von mir, von Polen, von den Juden in Polen weiß er fast nichts: Er staunt mich an und fällt mir ins Wort, wenn ich zu lange darüber spreche. Ich soll seine Eltern kennenlernen. Das scheint mir kein guter Gedanke. Noch nicht. Wir beide malen wie verzaubert. »Da kommen die Schwebenden«, sagen sie im Atelier. Wir lächeln.

1929

Viel Arbeit in Felix' neuem Atelier. Schön nahe des Kurfürstendamm gelegen. Wieder ein großer Schritt für ihn. Und für mich? Manchmal befürchte ich, dass ich mich zu sehr auf seine Welt einlasse und die meine zu klein wird. In diesen Tagen sehe ich Berlin mit neuen Augen: Der

habe ich sie angesprochen und für heute Abend eingeladen: Essen und dann Varieté. Gott sei Dank kam Vaters Scheck für Juni gerade zur rechten Zeit. Langsam, Felix, langsam, sage ich den ganzen Tag zu mir selbst: nicht zu dick auftragen, immer schön bescheiden: Sie hält mich sowieso für ein verzogenes Bürschchen, das hat mir ein Kollege zugeflüstert. Sie ist älter als ich: Wie aufregend. Sie ist so ernst, so wunderbar, so schön. Der Mai …

April 1928

Vater hat angerufen. Er brüllt ins Telefon: »Hipp Hipp Hurra, wir können es auch«: die erste Atlantiküberquerung mit dem Flugzeug von Ost nach West. »Na siehste, mein Junge, Deutschland ist wieder da.« Unverbesserlich, der alte Knabe. Felka ist wunderbar, so fremd, so ganz anders. Wir lieben uns, wir reden und reden. Sie will alles über mich wissen. Ich arbeite mit ganz neuem Schwung, alles bricht aus den letzten Jahren hervor: Landschaften, Reisen, Menschen. Felka, die Zauberin.

1929

Auf in die Welt der Nibelungen: Ich habe ein Atelier in der Xantener Straße gemietet. Das wird den Eltern gefallen: schöne deutsche Adresse, Drachen inclusive. Heute sehen die Drachen allerdings aus wie Zeitungen: Seit Januar kann man auch in Berlin den *Völkischen Beobachter*

Hass gegen die Juden wird lauter und alltäglicher. Die Eltern planten einen Besuch: Ich habe ihnen abgeraten. Es werden auch leisere Zeiten kommen.

August 1929

Felix ist fast närrisch wegen meiner neuen Baskenmütze. Er malt mich auf der Stelle. Und wieder geschieht das Wunder: Als Mensch, als Mann weiß er immer noch wenig von dem, was mich im Innersten bewegt. Aber als Maler sieht er alles: Wie unsicher ich bin, wie ich mich sperre gegen die Kommode seiner Welt, wie ich mir Mühe gebe, stark zu sein, auf Distanz bedacht, wie traurig ich bin in der Fremde.

1930

Die Deutschen bleiben mir fremd. Die Straße bebt, Hungernde Bettler an vielen Ecken. Aber viele – auch wir – leben und tun als ob. Felix und ich – wir beschweigen uns. Jedes offene Wort gälte uns als Kapitulation vor unserer Angst. Ich spüre die seine, er spürt die meine, wir halten uns fest – schweigend. Ich male Blumen. Was wird noch werden?

kaufen, in dem Herr Hitler und seine Konsorten täglich ihr Feuer gegen uns speien. Felka ist ängstlich und beunruhigt. Vater am Telefon: »Hitler – ein Spuk, lächerlich.«

August 1929

Felka hat sich gestern eine weiße Baskenmütze gekauft. Ich denke an meine Baskenmütze, die ich als Kind so geliebt habe, und porträtiere Felka, wie sie der Welt gegenübersteht, ihr entgegentritt – eine eigene Welt, ganz für sich.

1930

Eigentlich sollte ich zufrieden sein. Das Atelier, das Leben mit Felka, der Erfolg, die Anerkennung – ich bin ein »bisschen« bekannt in Berlin. Wie habe ich darauf gewartet. Aber über allem liegt der Schatten des Elends so vieler angesichts der Weltwirtschaftskrise und das Gebrüll der elenden Nazis. Vater will nichts sehen, Felka verschließt die Angst in ihrem Herzen, aber sie zittert an jedem Tag. Ich male einen Pessimisten, die Sonne verdunkelt, der Wind kommt auf und wird zum Orkan.

1931

Felix sucht seinen Platz. Er greift immer mehr zu. Er macht große Fortschritte, seine Welt weitet sich immens. Und doch ist er immer zu Hause geblieben, während ich wirklich ins Neue gegangen bin. Ob ich dafür zu viel bezahlt habe, bezahle? Wer weiß. Meine Malerei geht um mich herum. Gestern blieb Felix vor meiner Staffelei stehen. Sein Blick war erst neugierig, hellwach. Fast alarmiert. Was wächst da? Ich genoss es.

1932

Felix der Launische. Statt sich über die Anerkennung und ein Stipendium für Italien zu freuen, mault er im Atelier herum. Wie selbstverständlich geht er davon aus, dass ich mit ihm reise. Italien: noch weiter weg von den Eltern, von Warschau. Ich denke oft an sie und habe Sehnsucht nach ihnen. Und dennoch freue ich mich auf Neues. Nie hätte ich gedacht, Italien zu sehen, in Italien zu leben.

Januar 1933

Felix – ein Schatten seiner selbst. Alle unsere Bilder sind in Berlin verbrannt. Die Wohnung wurde angezündet. Welcher Hass. Was bleibt von unserm Leben? Gut, in Italien zu sein. Ich könnte Deutschland nicht ertragen. Blauer, weiter Himmel, aber das Elend klebt an unseren Schuhen. Ich tröste Felix, er versinkt im Unglück.

Felix

1931

Es ärgert mich immer mehr, wie die Malergreise über uns die Nase rümpfen. Abschätzig und hochmütig: Was sind sie doch für wunderbare Vertreter der großen Künste: mit Frack und Zylinder – ohne Esprit, dunkel, dunkel. Aber ich lache nur. Und male sie: den Pariser Platz mit der Akademie und dem ganzen Stumpfsinn. Obendrüber thront Liebermann, das alte Schlachtross: Aber der hat wenigstens noch Feuer im Pinsel. Das muss ich neidlos anerkennen.

1932

Adieu, Deutschland. Habe ein Stipendium für die Villa Massimo in Rom erhalten. Italien interessiert mich eigentlich schon längst nicht mehr. Hoffentlich werde ich nicht kitschig da unten. Felka geht mit. Sie freut sich weit mehr als ich. Nun denn: Italien. Das einzig Gute daran: Deutschland für eine gewisse Zeit abzuschütteln. Hier kracht es immer lauter im Gebälk.

Januar 1933

Ich bin wie zerstört. Das Atelier in Berlin ist ausgebrannt. Wahrscheinlich Brandstiftung: Brennt die Welt des Juden Nussbaum nieder! Alle Bilder, die dort zurückgeblieben sind, vernichtet: Mein Leben – ganz leer. Dazu die Nachrichten aus der Heimat: Hitler ist Reichskanzler, er ist jetzt Deutschland. Welch ein Elend. Ich habe Angst um

15. Mai 1933

Ich hatte so sehr gehofft, es würde nichts Schlimmes mehr kommen: Heute wurde Felix brutal von einem Kollegen in der Villa Massimo niedergeprügelt. Ein neuer Ausbruch des Hasses. Felix musste ins Krankenhaus gebracht und am Kopf genäht werden. Er sieht entsetzlich zerschunden aus, aber er ist ganz kalt: Er will keine Polizei, kein Aufsehen, er befürchtet negative Folgen für uns und vor allem für seine Eltern, die in Deutschland sind. Die Angst legt sich auf uns, sie ist überall.

Januar 1934

Ein Brief von den Eltern: Ich denke an die Januar-Kälte in Warschau, man kann den Atem der Menschen sehen, wenn sie durch die Straßen hasten, um schnell nach Hause zu kommen. Den Eltern geht es gut – oder sie schreiben nichts Gegenteiliges. Mir soll es auch gut gehen, das wünschen sie. Geht es mir gut? Hier ist die Kälte innerlich, und man sieht den eigenen Atem nicht.

die Eltern, die diesem Hass nun noch direkter ausgesetzt sind.

15. Mai 1933

Auseinandersetzung mit Merveldt. Der feine Herr Graf schlägt zu, bis ich am Boden liege und blute. Deutscher Uradel, der dem Juden seinen Platz zuweist. Ich habe über das, was Vater immer noch Heimat nennt, keine Illusionen mehr. Diese Villa ist auch Deutschland. Siehe oben.

Januar 1934

Nachdem man uns im vergangenen Mai aus der Villa Massimo entfernt hatte, war ich glücklich, auch dieser Drachenburg entkommen zu sein. Jetzt Rapallo: Das Malen geht mir gut von der Hand, und ich bin eigentlich guten Mutes. Nur der liebe, dumme Vater: Im Oktober hat ihn sein Kavallerieverein ausgeschlossen. Er dachte wirklich, er gehöre dazu. Jetzt schickt er mir eine Art Liebes- und Abschiedsgedicht an seine guten Kameraden, die ihn so schändlich behandelt haben – nach 34 Jahren Mitgliedschaft. Der alte Jude – auch entfernt.

Mai 1934

Felix' Eltern in Rapallo eingetroffen. Unter ihrem Unglück sind die Vorbehalte gegen mich – zu alt, keine deutsche Jüdin – zusammengefallen. Der Vater schmal, gebeugt, aber nicht gebrochen. Die Mutter müde von der alltäglichen Lebensangst und dem Hass daheim in Osnabrück. Wir umsorgen sie. Ich bin froh, dass meine Eltern in Polen geborgen sind. Was geschieht mit den Deutschen, diesen ewigen Vorzeigepuppen für Fortschritt, Kunst und Kultur?

Juni 1935

Ostende, eine neue Sprache, ein neues Land. Eine neue Heimat? Für Felix ist vieles vertraut, umso tiefer empfindet er den Unterschied zu unserer heutigen Situation. Es ist schwer, sich gegenseitig zu stützen, wenn der eigene Mut schmilzt, wie Schnee in der Sonne. Trost finden wir in der Arbeit. Doch wovon sollen wir leben?

1936

Immer wieder die Sorgen um die gültigen Papiere, um das nötige Geld. Ich werde jetzt versuchen, »Gängiges« zu malen, Blumen und andere schöne Dinge. Bilder, die sich verkaufen lassen.

Felix

Mai 1934

Die Eltern hier bei uns. Dem Himmel sei Dank. Vater ist tapfer: Er will sich sein Leid, seine tiefe Verletzung nicht anmerken lassen: Diese Bande, das ist nicht Deutschland. Er betont es immer wieder mit Ausrufezeichen. Ja, es gibt auch anständige Deutsche. Ich pflichte ihm bei, um ihn zu beruhigen. Wir trinken die klare Luft der Adria, wir baden im Licht. Aber wie wird es weitergehen mit uns allen?

Juni 1935

Und wieder Ostende. Die Kindheit. Die Ferien mit der Familie. Erst jetzt verstehe ich, wie unbeschwert wir damals waren, wie das Leben mich verwöhnte. Heute bin ich auf der Flucht, wir wechseln von Pension zu Pension. Felka und ich haben ein Touristenvisum, aber Touristen sind wir schon längst nicht mehr. Wir sind Flüchtlinge, die nach Schutz und Sicherheit suchen. Und wir malen dennoch.

1936

Seit Tagen beobachte ich einen Scherenschleifer, der mit seinem Wagen durch Ostende zieht. Fast beneide ich ihn ob seiner Sicherheit: Er ist zu Hause, er hat seinen Wagen, er wird gebraucht von den Menschen. Felka und ich – wir werden durch die Zeit geschliffen. Ich stehe jetzt häufig vor dem Spiegel, Selbstporträts: Wer bist du?

Oktober 1937

Wieder ein neues Kapitel: Brüssel, Rue Archimède. Die Eltern in Warschau und Osnabrück werden sich an eine neue Adresse gewöhnen müssen. Wir alle müssen uns an vieles gewöhnen in diesen Jahren. Die Welt verdüstert sich immer mehr. Felix hat mich gefragt, ob wir heiraten: Er war immer gegen die Ehe. Jetzt dieser Gesinnungswechsel: Muss ich mich bei Hitler bedanken?

September 1938

Die Gier der Deutschen wächst. Erst hat der Führer Österreich geschluckt, jetzt greift er nach Prag. Er kommt Polen, er kommt den Eltern in Warschau näher. Meine große Sorge ist, dass auch sie in seine Hände fallen – wie die Eltern von Felix in Osnabrück.

Felix

Oktober 1937

Die Deutschen in Spanien. Sie zerbomben Guernica. Wann werden sie hier sein? Hitler wird nach ganz Europa greifen, da bin ich mir sicher. Krieg ist nur eine Frage der Zeit. Der Krieg gegen die Juden hat längst begonnen. Felka und ich werden heiraten. Aus Angst. Um uns zu wehren. Aus Liebe.

1938

Don Quichote spukt mir im Kopf herum und will in die Hände. Ich muss Farben kaufen. Der ewige Kampf ums Geld. Das sind unsere Windmühlen. Felka ist mein Sancho Pansa. Sie umsorgt und leitet uns und hält viele Widernisse des Alltags von mir fern.

27. Mai 1939

Gott sei Dank, die Eltern sind in Amsterdam in Sicherheit. Vater hatte sich bis zum letzten Tag gesträubt, Deutschland zu verlassen: »Ich bin kein Deserteur, ich werde niemals fahnenflüchtig. Ich bleibe meinem Volke treu.« Felka hat am Telefon auf ihn eingeredet: »Aber es ist doch nur für eine Weile. Bald ist der ganze Spuk vorbei und ihr fahrt wieder nach Hause.«

Felka

3. September 1939

Keine Verbindung zu den Eltern in Warschau. Die Deutschen in Polen eingefallen. Der Krieg. Ich bin sprachlos und panisch vor Angst. Sind Mutter und Vater verloren? Wann wird Hitler sich nach Westen wenden? Wo sind wir dann sicher? Wohin? Felix versucht mich zu trösten, aber beide wissen wir es besser.

Ende Mai 1940

Was für ein Hohn. Die belgische Polizei hat den jüdischen Flüchtling Felix Nussbaum als reichsdeutschen Bürger verhaftet, der für Belgien eine Gefahr darstellt. Mir wurde gesagt, alle deutschen Männer werden in einem Lager interniert. Wo das Lager ist – ich weiß es nicht. Keine Nachricht, nicht von den Eltern, von Felix. Ich bin allein.

August 1940

Felix steht vor der Tür. Er hatte bei dem französischen Lagerkommandanten einen Antrag zur Rückführung ins Deutsche Reich unterschrieben. In Bordeaux ist ihm die Flucht gelungen. Er konnte sich nach Brüssel durchschlagen: tagsüber versteckt, des Nachts marschiert. Seine Augen liegen tief in ihren Höhlen, er ist ausgehungert und sehr schwach.

Felix

Mai 1940

Hitler beginnt den Krieg im Westen. Er greift nach uns. Wird Belgien standhalten können oder ebenso überrannt werden wie Polen vor wenigen Monaten? Ich male gegen die Zeit.

Juli 1940

Zusammengepfercht hinter Stacheldraht. Das Lager heißt Saint Cyprien. 18 Tage hat man uns durch ganz Frankreich hierher in den tiefen Süden getrieben. Dreck, Ungeziefer, es stinkt nach Angst und ungeheurer Hoffnungslosigkeit. Einige beten in der Lagersynagoge. Ich sehe sie hinwanken in ihren Gebetsmänteln. Hört Gott zu? Hat meine Nachricht Felka erreicht?

Felka

August 1941

Ich stehe vor der Staffelei: Und sehe, dass der Pinsel in meiner Hand zittert. Ich zittere, weil wir ausgeliefert sind: an die Angst, an die Grausamkeit, an die Deutschen.

August 1942

Erst im Mai der Stern, jetzt beginnen die Deportationen in den Osten. Nach Polen? Was machen sie dort mit den Menschen, mit uns? Wann stehen wir auf der Liste? Wir werden nicht gehen. Felix sucht für uns ein Versteck. Es ist lebensgefährlich, uns zu verstecken. Wer wird diese Gefahr auf sich nehmen? Heute früh sah ich auf der Straße einen Oleander in voller Blüte. Ich trug den Stern nicht.

Felix

August 1941

Ich bin im Stacheldraht geblieben. Die Deutschen engen unser Leben immer mehr ein. Es wird gemunkelt, dass es im Osten Lager gibt, wo sie uns alle hinbringen. Noch lassen sie uns warten. Noch tragen wir hier keinen Stern. Ich beobachte sie, und ich male: als Zeuge ihrer Mörderzeit. Felka ist sehr schwach.

2. Dezember 1942

Im Versteck bei Ledel, dem Bildhauer, und seiner Familie. Felka und ich leben mit ihnen. Sie sind selbstverständlich und großzügig. Die kleine Karin schaut mich an: Wer ist dieser neue Onkel Felix? Ich bin Onkel Felix im Versteck, möchte ich sagen und ihr alles erklären. Aber ich schweige. Wie kann das Kind diese Welt verstehen? Ich zeichne lieber Tiere für Karin und erzähle ihr: Onkel Felix hat bald Geburtstag, dann laden wir alle Tiere auf dem Bild ein. Als das Blatt voll ist, sagt die Kleine: Du musst noch signieren. Und ich signiere.

März 1943

Ledels verlassen Brüssel und gehen in die Ardennen: dort sei es sicherer, der Krieg nicht so nah. Sie beschwören uns, mitzukommen. Felka aber will in jedem Falle in Brüssel bleiben. »Auf dem Land werden wir auffallen – wir gehören nicht dazu, jeder wird uns anstarren.« Ach, meine Felka, denke ich: Wir gehören nirgendwo mehr dazu.

März 1943

Zurück im Atelier in der Rue Archimède. Der Vermieter hat für uns ein zusätzliches Versteck in einer Mansarde hergerichtet, so dass wir bei Razzien oder Gefahren schnell aus dem Atelier flüchten können und er eine leere Wohnung vorweisen kann. Aber, er legt den Zeigefinger an die Lippen, kein Wort zu irgendjemandem, ganz leise! Und keine Ölgemälde mehr: Der Terpentingeruch könnte uns alle verraten.

April 1943

Wir zeichnen mit Bleistift, wir malen mit Aquarellfarben. Kein Terpentin! Wir verlassen das Atelier nur für das Allernötigste. Wir sehen uns in der Küche um: Da ist der Schöpflöffel, da steht die Gießkanne für unsere Blumen: Alle müssen sie in die Bilder hinein. Wir sprechen kaum. Wir bemühen uns, nicht zu flüstern. Wir wehren uns – immer leiser werdend – gegen die Angst, wir leben gegen die Zeit.

Längst nicht mehr. Wir werden die Freunde vermissen. Die kleine Karin weint beim Abschied. Wir alle weinen. Zum ersten Mal in diesem Elend. Wann werden wir uns wiedersehen?

August 1943

Ich hielt es ohne das Malen mit Ölfarben nicht mehr aus und habe mir schon im Juli ein anderes Atelier in der Rue Général Gratry gesucht: anonym und hoffentlich unsichtbar. Noch einmal will ich alles berichten. Ich male mich mit dem Judenstern, den ich nie getragen habe und niemals tragen werde. Ich schaue den Mördern ins Gesicht. Felka wartet jedes Mal zitternd auf meine Rückkehr.

Dienstag, 18. April 1944

Ich sitze im Dunkeln und warte auf Felix. Ich habe das andere Atelier immer gehasst. Jedes Mal schüttelt mich die Angst, dass Felix auf der Straße aufgegriffen wird und ich ihn nie wiedersehe. Er öffnet die Wohnungstür und sagt leise in die Dunkelheit: Heute – das war das letzte Bild. Der Tod wird triumphieren. Er sucht meine Hand.

1. August 1944

Im Güterwagen. Seit gestern rollt der Zug Richtung Osten. Wir kauern im Stroh. Felix neben mir. Die Kinder haben Durst und betteln um Wasser. Es gibt kein Wasser mehr. Felix spricht leise mit Herrn Goldberg. Ein kleiner, zarter Mann. Uhrmacher. Immer wieder sucht sein Blick seinen Werkzeugkoffer. »Uhrmacher werden überall gebraucht.« Das ist sein Trost. Aber gibt es noch Zeit für uns?

Felix

20. Juni 1944

Sie trommeln an der Tür unseres Verstecks. Jemand muss uns verraten haben. Nach Stalingrad haben wir wirklich gehofft. Aber es sollte nicht sein. Ich stütze Felka, während ich die Tür öffne. Sie sollen uns ins Gesicht sehen. Sie sollen uns nie vergessen. Ich habe nur noch einen Wunsch: Auch wenn wir untergehen – lasst unsre Bilder nicht sterben.

2. August 1944

Wir sind verschwitzt und zerdrückt. Seit Tagen unterwegs. Wo führt diese entsetzliche Reise hin? Es stinkt erbärmlich. Für die Alten und für die Kinder ist es am schlimmsten. Manche sind tot. Wir haben sie an die Seite geschoben. Felka hält sich tapfer. Jetzt wird der Zug langsamer. Draußen rufen und brüllen Menschen. Sie öffnen die Tür. Das Licht tut in den Augen weh. Ich sehe Hunde, die an der Leine reißen.

Nachwort

Jede der hier erzählten Geschichten steht für sich und doch sind sie miteinander verbunden, weil sie sich auf den gleichen schrecklichen Ort beziehen und dieselbe Vorgeschichte haben. Diese Vorgeschichte ist lang. Sie erstreckt sich über mehr als vier Jahrzehnte und spielt in verschiedenen Ländern, überall dort, wo Auschwitz-Überlebende für sich eine neue Heimat gefunden haben. Die Texte sind entstanden nach zahllosen Begegnungen und Gesprächen mit Überlebenden, die mich an ihren Erinnerungen und Empfindungen, ihrer Verlorenheit, ihrer Empörung und ihrem Leben haben teilhaben lassen. Und in ihnen stecken auch die Worte, mit denen die Überlebenden die Bilder ihrer ermordeten Familienangehörigen beschwören. Manche der Überlebenden sprachen Englisch, andere Hebräisch, Französisch oder Polnisch. Das Jiddische konnte ich verstehen, aber was mir der weißhaarige Gabor in Budapest auf Ungarisch erzählte, musste übersetzt werden, auch wenn er immer ein Blatt und einen Bleistift bei der Hand hatte, um seine Worte zu bebildern. Keine Übersetzung wurde benötigt für die folgenden Worte: Halt, Achtung, Appell, Schornstein, Rauch, Arbeit Macht Frei. Die Überlebenden werden diese Worte nicht los, sie haften in ihnen bis zum Ende ihrer Tage und Nächte.

Denk immer daran, sagte Gabor und hob mahnend seine Hand: Wir Überlebenden sind der Bruchteil, die anderen sind der Ozean, die Asche. Und er zeichnete eine Ameise. Als ich fragte, was die Ameise mit dieser Wahrheit zu tun habe, erzählte er mir die letzte Geschichte. Noch wusste ich nicht, dass es die letzte gewesen sein würde. Das erfuhr ich erst drei Monate später, als mich ein Anruf aus Budapest erreichte und mir Gabors Tod mitgeteilt wurde.

Nein, er sei nicht abgeklärt und altersmilde gestorben, sagte die Stimme aus Budapest, sondern die Angst um seine Enkelkinder habe seine letzten Wochen bestimmt und die Frage, warum antisemitischer Hass und rechtsextreme Gewalt in vielen europäischen Ländern immer neu hervorbrechen würden.

2004 kam die französisch-jüdische Auschwitz-Überlebende Simone Veil nach Berlin, um am 27. Januar, dem Gedenktag für die Opfer des Holocaust und dem Tag der Befreiung von Auschwitz, vor dem Deutschen Bundestag zu sprechen. Simone Veil war in der französischen Politik als unerschrockene und mutige Kämpferin für die Rechte der Frauen bekannt. Später war sie die erste Präsidentin des Europäischen Parlaments und als solche eine hellsichtige und strenge Botschafterin für ein Europa der Erinnerung und der Toleranz. Diese beiden Begriffe waren auch das zentrale Thema ihrer Rede am 27. Januar vor den deutschen Abgeordneten und den jungen Menschen, die an dieser Gedenkfeier teilnahmen. Am Rande ihres Berliner Aufenthaltes hatten wir ein langes Gespräch, das auch um die Frage kreiste, wie es um die Erinnerungen der Überlebenden bestellt wäre, wenn keine und keiner von ihnen mehr am Leben sein würde. Wir waren uns einig, dass viele Gesprächsprotokolle und Videoaufnahmen aus Gesprächen mit Überlebenden existierten. Aber Simone Veil war sich überhaupt nicht sicher, ob nicht irgendwann der Staub über den Toren der Archive liegen und die Oberhand gewinnen würde. Und sie drängte, ruhig und bestimmt: Ihr müsst unsere Geschichten weiterschreiben, ihr müsst euch die Fakten und unsere Erinnerungen aneignen und künstlerische Wege finden, unseren Emotionen eure Emotionen hinzuzufügen. Und

ich erinnerte mich: Ähnliches hatte mir Gabor mit auf den Weg gegeben: Du musst alles aufschreiben!
Simone Veil starb 2017 in Paris. Nach ihrem Tod klebten französische Streetart-Künstler in ganz Paris Siebdruck-Plakate mit ihrem unvergesslichen Profil und der Unterschrift: »Merci, Simone«. 2019 wurde in Paris das schöne Gesicht Simone Veils auf diesen Plakaten mit Hakenkreuzen überschmiert: Simone Veils Unerschrockenheit und Gabors Angst ist die erste Geschichte gewidmet.

Die Vorstellung, dass Menschen andere Menschen, unter ihnen Frauen und Kinder, töten und verbrennen, nur weil sie Juden oder Sinti und Roma waren, erschien vielen, die in die Lager abtransportiert wurden, völlig verrückt. So Unmenschliches auch nur zu denken, war ihnen schlicht nicht möglich. Von einer solch unmöglichen Situation kurz nach der Ankunft im Lager erzählt die zweite Geschichte, die sich auf die Sommermonate des Jahres 1944 bezieht, als vor allem die Züge mit den jüdischen Familien aus Ungarn Auschwitz erreichten. Die allermeisten dieser Menschen wurden von den Gleisen direkt zu den Gaskammern geführt, vor denen man sie warten ließ, denn die »räumlichen Möglichkeiten« waren begrenzt und erforderten eine gute »Organisation«: Ab Mitte Mai 1944 wurden in den Gaskammern und Krematorien Birkenaus in wenigen Monaten mehr als 440 000 ungarische Juden getötet und verbrannt.

Auch der dritte Text, das fiktive Tagebuch des Künstlerpaares Felix Nussbaum und Felka Platek, endet im Herbst des Jahres 1944 in Auschwitz: Am 31. Juli 1944 wurde von den Deutschen der letzte Deportationszug mit jüdischen Familien im belgischen Mechelen abgefertigt. In diesem

Zug befanden sich auch die beiden Künstler, die man zusammen am 20. Juni 1944 in ihrem Versteck in der Rue Archimède in Brüssel verhaftet und von dort ins Durchgangslager Mechelen transportiert hatte. Felka Plateks Lebensweg endete wohl unmittelbar nach der Ankunft in den Gaskammern von Auschwitz-Birkenau. Sie war 45 Jahre alt. Felix Nussbaum hat – wie wir heute wissen – noch einige Monate in Auschwitz überlebt, aber am Ende verliert sich auch die Spur des noch nicht vierzigjährigen Künstlers.

Das weltbedeutende Werk Felix Nussbaums wird heute in seiner Heimatstadt Osnabrück im Felix-Nussbaum-Haus präsentiert. Das Gebäude des Museums wurde von dem Architekten Daniel Libeskind entworfen.

Das Wissen über das künstlerische Werk Felka Plateks steht noch am Anfang. Zu sehr stand und steht sie – völlig zu Unrecht – im Schatten ihres Mannes. Auch einige ihrer Werke werden in Osnabrück ausgestellt.

Die Idee, Felka Platek und Felix Nussbaum auf dem Weg durch ihr kurzes Leben und auch durch die gemeinsamen Jahre der Verfolgung, des Exils und der zunehmenden Dunkelheit mit einem fiktiven Tagebuch zu begleiten, reicht bis in Jahr 2007 zurück. Damals erzählte mir der in Berlin geborene Stéphane Hessel von seinem Widerstandskampf in der französischen Résistance, für den er später mit der Deportation nach Buchenwald und Mittelbau-Dora hatte bezahlen müssen. An diesem Berliner Novembertag schilderte er mit ruhiger und umso eindringlicherer Stimme die scheinbar abgrundtiefe Ausweglosigkeit, die sich im Jahr 1940 über den europäischen Widerstand gegen die deutschen Nationalsozialisten gelegt hatte: Und wie wenige waren sie im Widerstand doch im Vergleich zu den vielen anderen, die im Gleichschritt marschierten, oder aber zu jenen, die verängstig, resigniert und stumm versuchten, die Zeit des Abgrunds zu überstehen, ohne in Gleichgültigkeit zu versinken. Die Panik und die Verlorenheit angesichts dieser Deutschen, die auf dem Weg zur Weltherrschaft immer mehr Länder Europas besetzt hielten, waren in diesen Herbstwochen des Jahres 1940 für die Angehörigen der Résistance fast überwältigend. Und dennoch: Sie hielten die gesamten Kriegsjahre stand. Ihre Empörung über das Unrecht und das Mitgefühl mit den Verfolgten waren nicht zu besiegen. Mit dem Mut der Verzweiflung blieben sie dabei, den deutschen Eroberern auf ihrem Marsch zum Endsieg Steine in den Weg zu legen und jüdische Menschen und politisch Verfolgte vor den Händen der Verfolger in Sicherheit zu bringen.

Immer wieder kamen mir nach Hessels Worten Felka Platek und Felix Nussbaum in den Sinn. Ihre mutigen und ungestümen Anfänge in der vertrauten Welt der Elternhäuser, ihr kindlicher und unbestechlicher Blick auf die Welt und die Menschen um sie herum, den sie nie verloren: ihre Hoffnung und ihr Selbstvertrauen beim Aufbruch in neue Welten und dann das Aufeinandertreffen beider in der lauten und lebensgierigen Metropole Berlin. Vor allem Felka Platek hat mich nicht losgelassen. Wir wissen so wenig von ihr und vermögen es kaum zu ermessen, wie viel Mut und Willenskraft es diese junge Frau gekostet haben mag, aus allen Konventionen ihrer Welt auszubrechen. Sie verließ das heimatliche Warschau und ihre Eltern, um sich eine neue Welt zu suchen, in der sie als Frau ihren Weg zur Malerei und ins Leben finden konnte. Gerade angesichts dieses Mutes und auch angesichts der künstlerischen Neugier, mit der Felka Platek und Felix Nussbaum auf das Leben und die Menschen zugelaufen sind, verstören der antisemitische Hass, der sie seit ihrer Kindheit immer und überallhin verfolgte, und die Demütigungen und der Vernichtungswille, denen sie später als Juden unter den Stiefeln der Nazis ausgesetzt waren, bis heute. Die Trostlosigkeit des Exils und der immer enger werdende Raum, in dem sie – ihrer permanenten Bedrohung bewusst – jeden Schritt, jeden Laut und jedes Bild aus der Welt der Aggressoren mit hypersensiblen Ohren und Augen aufsaugten, all das erinnert an die verzweifelte Gefühlswelt der Résistance, die Stéphane Hessel so eindringlich beschrieben hatte.

Die Bilder von Felka Platek und Felix Nussbaum jedoch, gegen die materielle Not, die alltägliche Angst und das wachsende Grauen entstanden: auch sie halten stand und erinnern an die Empörung und die Menschlichkeit, die die Résistance gegen die deutschen Nationalsozialisten in Europa getragen hat und zu der auch Felka Platek und Felix Nussbaum für alle Zeiten gehören. Das wollte ich unbedingt erzählen.

Und so publizierte ich in Zusammenarbeit mit dem Internationalen Auschwitz Komitee ab dem 11. Dezember 2013, dem Geburtstag Felix Nussbaums, bis zum August 2014 die fiktiven Tagebucheinträge unter dem Titel »find-felka-find-felix« als Kunst- und Literaturprojekt auf dem Internetportal des Auschwitz Komitees. In den darauffolgenden Jahren schlossen sich mehrere Lesungen des Tagebuches in verschiedenen deutschen und polnischen Städten an.

Und auch diese Geschichte wird weitergeschrieben: Ich habe mich gefreut, als im Jahr 2018 das Buch »Felix und Felka« von Hans Joachim Schädlich erschien, der besonders die Jahre der Verfolgung von Felix Nussbaum und Felka Platek noch einmal aufgreift und sensibel erzählt.

Anders als es in den kurzen Tagebuchtexten möglich ist, breitet er in seinem Buch die beklemmende Welt der Verfolgung aus, an der Felka Platek und Felix Nussbaum tagtäglich verzweifelt sind und der sie doch widerstanden haben.

Ja, irgendwann werde ich Gabors Geschichte von der Ameise erzählen, irgendwann bald.

Christoph Heubner,
Oktober 2019

Christoph Heubner, geboren 1949, ist Schriftsteller und Exekutiv-Vizepräsident des Internationalen Auschwitz Komitees.

Peter Wyden
Stella Goldschlag
Eine wahre Geschichte
Mit einem Vorwort
von Christoph Heubner

384 Seiten
Hardcover

»Peter Wyden hat nicht allein ein Buch über Stella Goldschlag geschrieben. Er hat in empathischer Weise Einzelschicksale und moralische Zwangslagen zum Gesamtbild einer heillosen Epoche verdichtet.«
—Christoph Schröder, *DEUTSCHLANDFUNK*

»Auch 26 Jahre nach seiner erstmaligen Veröffentlichung auf Deutsch liest sich Peter Wydens Buch spannender, als es ein Roman über das ›blonde Gift‹ jemals sein könnte.«
—Ayala Goldmann, *Jüdische Allgemeine*

Alwin Meyer

Vergiss deinen Namen nicht

Die Kinder von Auschwitz

760 Seiten

Leineneinband mit Schutzumschlag

»Alwin Meyer hat den Kindern von Auschwitz ein anrührendes und akribisch recherchiertes Buch gewidmet.«
—Sybille Steinbacher, *Frankfurter Allgemeine Zeitung*

»Das Buch erzählt eindrucksvoll und stark auch von einem Leben, das möglich gewesen wäre und anders hätte sein können.«
—Gert Scobel, *3sat*

»Am Montagmorgen meldet der Deutschlandfunk, dass Josef Schuster, der Vorsitzende des Zentralrats der Juden, vorschlägt, alle Schüler ab der neunten Klasse sollten eine KZ-Gedenkstätte besuchen. Es würde vielleicht reichen, ihnen die Geschichten der Kinder von Auschwitz zu erzählen.«
—Ulrich Gutmair, *taz*

Erste Auflage 2019

Das Zitat von Dylan Thomas stammt aus: *Collected Poems*, Aldine Press, London 1974.

Lektorat: Claudia Glenewinkel, Daniel Frisch
Typografie: Rahel Bünter / Steidl Design
Umschlaggestaltung: Paloma Alves Tarrío

Gesamtherstellung und Druck: Steidl, Göttingen

Steidl
Düstere Str. 4 / 37073 Göttingen
Tel. +49 551 49 60 60 / Fax +49 551 49 60 649
mail@steidl.de
steidl.de

ISBN 978-3-95829-717-3
Printed in Germany by Steidl